あかきたな

平野さちを川柳句集

新葉館出版

序

粒選りの、珠玉の、五百七十句への賛辞をしたためる前に、「あかさたな」のタイトルにまず触れさせていただこう。

「ア」は、実は私が一番好きな母音で、ア・A、カ・KA、サ・SA、タ・TA、ナ・NAの、明朗で陽気で前向きな響きが、なんともすがすがしく快い。余談になるが、これに対して、「イキシチニ」の「イ」を母音とすることばは、引き締まった、理知的で冷たく固い雰囲気を漂わせる。笑い声にしても「アハハハ」と「イヒヒヒ」とでは全く違うし、力士の四股名を例にとっても、「タカハナダ」と「キリニシキ」では、音声化した時の語感に差を生じることになる。

さて、句集をひもとくと、作品は、「赤」「沙汰」「花」「山」「藁」の五項目に分類されている。アカ・サタまでは順調だが、「ナハ」をハナに、「マヤ」をヤマに、「ラワ」をワラにと、音の順を逆転して整えた点に、さちをさんのご苦労のほどがしのばれる。

「ア」が大好きな私は、「あかさたな」のタイトルにまず「うーん」となってしまったのだった。

この作品集の句の配列は、前述のような成り立ちから、たとえば、酒、妻、サラリーマン、社会、都市、田舎、世相といったテーマ別の分類では組まれていないので、次は何が出てくるかという楽しみがある。精選の上に精選を重ねられた句の結集なので当然と言えば当然だが、一つとして粃《しいな》が見当たらない。失礼な申し上げようかもしれないが、これはスゴイことだ。さちをさんとは長いおつきあいで、そのお人柄は十分に存じ上げているつもりだったのだが、生真面目で正義感あふれる堅い熱血漢の方が、こんなに柔軟な川柳の幅をお持ちとは知らないで過ごしてきた。

かつて、俳句の上田五千石先生にお話をうかがったとき、「よい句とは?」の質問に対してたった一言、「ハッとする句」というお答が返ってきた。その「ハッと」の句が、さちを句集に満ち溢れているのだ。素材の広さと措辞の巧みさ、そして用語の選択の的確さと新鮮さが、それをもたらすのであろう。かてて加えて、鋭い観察・洞察力。まさに完璧の川柳力である。

すこし細かいことになるが、下五表現の、特に動詞の活用形に注目していただきたい。下五を終止形止めにするか、それとも連用形止めにするかは、自分で句を仕立てるときによく迷う。ご承知のように動詞には活用形があり語幹のこともあるので、それほど簡単に処理できるしろものではない。融通無礙とは行かないことはご経験の通りだ。さちをさんの、この、終止形、連用形の使い分けに教えられることが多い。この点も、「あかさたな」の魅力の一つであり、学習材料の一つだと思う。

一句一句もすばらしいが、特筆すべきは、エッセーだ。中でも、「草魂」と「有限の中の無限」を熟読していただきたい。エッセーの中に軽くはさまれた作品群が小気味良い。一人でも多くの川柳人にこの句集を読んでいただき、川柳の明日への糧としてくださることを願っている。

私の好きな十五句

体重は切り捨て背丈切り上げる
単身で行けと妻から内示され
女子プロの臍にギャラリーついて行く
東京に行ってどうしているのやら

夏期休暇会社に電話したくなり
友達を失いながら出世する
飲み過ぎに肝硬変の意趣返し
橋が出来野良仕事にも鍵をかけ
二つずつ渡してティッシュ配り終え
仏壇にメロンが熟れるまで供え
よく喋る床屋だ俺は眠いんだ
焼き鳥に企業秘密のたれを付け
もういいとロボットからの肩叩き
横文字をカタカナにして縦に書き

平成二十六年十月

大木　俊秀

川柳句集 あかさたな 目次

題字・大木俊秀

川柳句集

あかさたな

赤

赤い糸もやい結びの半世紀

赤児でもおんな泣き声変えている

落とせない出世払いという手形
ＦＡにアンチ巨人が育てられ
アイドルを目指し東大受験する

嘘なんか教えなくとも子は覚え

お化けでも出て来てほしい熱帯夜

受付か秘書課希望と自惚れる

金のない時に限ってお葬式
雨女なんて私のせいじゃない
買わぬのに貧乏くじはよく当たる

子を叱るうちに夫婦がする喧嘩

美味しいの一言板の眼が和み

改札もなしに大人の仲間入り

公園にハローワークで会った人
恋敵奴は新郎おれ司会
いるだけで美女はドラマを作り出す

悪友が夫婦喧嘩の種を蒔き
校門を出てフェロモンを撒き散らし
玄関に親の躾が脱いである

くれるなら貰ってもいい妻の歳
言い慣れぬ敬語で司会よくとちり
均等に試験受けさせ女子採らず

口止めをされたことまで聞かされる
赤旗をたたむと基地に倚りかかり
クラス会スター気取りが抜けきらず

胸襟は開いていないクールビズ

公平な人事が故に辞表出す

偶然と言って彼女に駅で逢い

一念発起してストレスが溜まり

遺伝子が悪いとこだけ似せてくる

ご破算で願いましてと初詣で

クラス会ダイヤの指輪陽の目見る

今日もまた妻の切り火で職探し

落ちこぼれタレントで来るクラス会

キス一つサンタへママのプレゼント

牛丼を前に茶髪が手を合わせ

お弁当作ってデート遅刻する

お手付きのオールドミスが金庫番
一曲を踊っただけで逃げられる
ケータイで連絡取れる家出の子

居候生齧りする借家権

草むしり頼んで湿布買いに行く

失せ物にまず眼鏡から探す羽目

夏季休暇会社に電話したくなり
義母帰る鍋の蓋まで光らせて
聞いてから言うんじゃないと子を叱る

うちの子に代打出されて早帰り

蘊蓄を聴いて料理が冷めていく

神様がくれた子供に泣かされる

ケータイを切ってのど飴なめている

車代出たのでしょうと妻の勘

健康で話題にのれぬクラス会

金一封受け取る人も文語調

観光もせずにブランド買い漁る

過労死に天井を這う棒グラフ

擬似餌とは見せぬ路上のアンケート

義理チョコにホワイトデーが透けて見え

気にくわぬ奴は誰でもテロリスト

合格の気分にさせる塾のビラ
駅員に押して駄目なら剥がされる
いい客だ値切り倒した気で帰る

遠来の友の見舞に寝付かれず

借り物のおんなを競う謝恩会

YESまで言ってBUTが出て来ない

角帽が馬鹿な奴だと絵馬を見る

温厚の面を剥がせば気が弱い

一家言持つコンビニのにぎりめし

親の顔見たいに親の写真見せ

会釈する社内不倫がばれぬよう

お年玉切手当たった書き損じ

来てみれば絵葉書ほどでないと知り

五時からの鏡に魔女がデビューする

慰謝料を貰えないから妻でいる

飢えを知る世代と歳をはぐらかす

お局とお茶して噂立てられる

かあさんと分かり迷子はもっと泣き

親馬鹿の服が背で寝る七五三

結果オーライが奇策の名に変わり

虐待にあらず我が子の蒙古斑

父さんと気安く呼ぶな娘婿

音大出いるから取れぬハーモニー

うがいして手を洗っても風邪はひく

言いたくはないがと言ってくどいこと

勝った気でいるから妻は御しやすい

買うあてもなくコンビニに吹き溜まる

刻刻とルールが変わるラブゲーム

一夜明け妻も温帯低気圧

遅れてはダメ集合を花時計

観覧車男の嘘は聞き飽きた
血統書付きの犬だな頭が高い
唇をイナバウアーで躱される

学校区出て先生の鎧脱ぐ
かんじきを履いて民話がやって来る
お馴染みはカネと時間の掛け合わせ

選ぶのは愛か金かと子に訊かれ
熱燗を頼めばチンで持って来る
開店にパトロン面が二三人

大物を気取って雑魚が遅く来る

兄というだけで我慢を強いられる

ケータイの機能に脳が乾涸びる

羨ましポチは木造一戸建て
飼い主に似て吠えもせず尻尾巻く
偉い順胸のリボンに語らせる

育児書の通りにやって泣き止まぬ
家にある酒を飲み屋で高く飲む
昨日なら都合ついたと逃げられる

傷口にざっくばらんが塩を塗る

美しい嘘死語にする癌告知

お局の嫁で祝電どっと来る

クレヨンを折るほど塗った子の夕陽

高座から拍手催促する不遜

栄転に部下胃薬のお餞別

落ちた時行く予備校も絵馬に書き
医師の指示聞いてストレス溜めている
遺伝子が相続権を主張する

木で鼻を括り受付悪びれず

偽装とは知らず暖簾を食べていた

女将見て効き目が分かる美人の湯

休肝日妻のテンポも狂わされ

クラス会ベンツが美女を皆攫い

胃に何か詰めて働き蜂の午後

産みたいが産科の医師が見当たらぬ
カタログに決断力を試される
桐の木が屋根を覆ってまだ行かず

検査値が良いと内助の功にされ
女偏なども教えるコンシェルジュ
決断のつかぬ男でロゼが好き

曲線も知って夫婦で丸く住み
教科書に右向け右と書いてある
異議なしの声がコンテの通り出る

オスカーを受けて知られた納棺師

子と親がマンガ喫茶で鉢合わせ

踊り場で出世の息を整える

勇み足草食系の辞書にない
強敵に会うと行きたくなるトイレ
切り抜きを美談の主が持ち歩く

教会の誓い牧師も嘘と知り

カナヅチもネオンの海は抜き手切る

孝行が帰省ラッシュに耐えている

検察がルールブックを書き換える
顔よりも気立てと写真持って来る
講釈をするインテリの薄っぺら

大笑いしている妻がいて平和

個人差があるとエステの予防線

親の手で子供の毬が横に逸れ

男なら我慢がまんと使われる
おしどりと言われて夫婦疲れ果て
お花見の後片づけは下戸ばかり

叔母さんを死なせて鮎の解禁日

コンビニが明日のゴミを売っている

怒り出す一歩手前を妻は知り

拝ませてくれた王妃のトップレス

結婚をすれば師匠もただの妻

オバサンが降りた座席の深い跡

書き込んだ手帳に尻を叩かれる

神の庇護願うにもいるお賽銭

おんなから愛嬌引けば度胸だけ

牛丼の底に隠れた星条旗

くじ引きになるほど客が集まらず

沖縄に作り笑いを持って行く

平野さちをエッセイ(1)

川柳と私

諸先輩のご推挙を頂き、この度番傘本社同人になり有難いと同時に面映い思いであります。

私が川柳を始めたのは平成九年二月（財）日本セカンドライフ協会（略称JASS）が開いた川柳講座受講からです。

師匠は上田野出さん。初歩から手ほどきを受け、教えられた多読多作、舌頭千転、披講の作法などは今でも肝に銘じています。

三か月後にはずうずうしくも東京番傘に投句、宿題「良好」の「ばら寿司を教え嫁からピザ習う」と「呑み込む」の「新人の分かりましたは当てにせず」の二句が抜けたと翌日、野出さんから電話を貰った時の嬉しかったこと、句誌に載る一か月後が待ち遠しかったのを覚えています。

十二年三月に加茂如水会長の東京番傘川柳社同人、九月から本社宛ての句報係を担当しています。

番傘誌への投句は同年五月からで掲載は三句でした。

現在は縁あって大木俊秀先生の杉並川柳同好会にも籍を置いています。

良き師匠、良き仲間に恵まれた環境で、定年後の趣味を満喫しているといったところです。

昨今の大会入選句は私には考えもつかぬ難解な句も見受けられますが、私は誰にも分かり易く共感を覚える句作りをマイペースで進めていこうと考えています。


（「川柳番傘」二〇〇四年二月）

平野さちをエッセイ(2)

三度の癌告知

突き飛ばすように胃癌と告げられる

本格的に川柳を始めた半年後の平成九年九月、受検した人間ドックから呼び出しがあり胃癌との告知。都内某大病院へ入院して再検査の結果内視鏡による摘出とのこと。

切腹をせずに摘んだ癌治療

胃癌は胃の三分の二を切るものという先入観があったので大助かり。十二日間の入院の末、無事退院。

ところが翌年の人間ドックで再び胃癌と判明。海外短期留学を考えて例年より早く受検したのが結果的に早期発見となった。前回の取り損ないではないかとの質問にそうではないと言われる。

御し易い患者と医者に見くびられ

盆開けの八月末に入院、今度は外科で開腹手術する。容積一五〇〇ccの胃袋を一一〇〇ccほぼ四分の三を切除。

胃を切って貰う見舞いは花ばかり

入院中、皮肉なことに投句していた「さんま川柳」に入選して生さんま一箱が届く。ご近所にお裾分けしても老妻一人では食べ切れない程。外出すると暫く猫がついて来たとか。

それから八年。またまた人間ドックで胃癌の再発を告げられる。

三度目にびくともしない癌告知

「おーい。また癌だぞ」「あらそう。困ったわね」が夫婦の会話。ドックでは全摘を勧められたが、病院は早期発見でもあり内視鏡による治療実績も増えたので消化器内科へ回される。矢張り最初は実験台だったのだろうと得心した。

この頃は川柳を始めて十年余りで東京番傘から本社同人にもなり、句会のお世話もしていたので入院に引き継ぎや投句に大忙し。

酷使した胃だ怒るのも無理はない

十月入院、小さな胃の中を内視鏡で摘出、ほぼ十年の間に内視鏡治療のシステム、機器等は格段に進歩して僅か九日間で退院。
以後、今日まで達観して、休肝日は設けていない。無理に我慢してストレスを溜めては胃に良い筈はない。

割カンとなれば胃でなく腸で呑む

嘗て脳梗塞を患った前科もあり、三度の癌、これで心臓で逝けば三大成人病を全て経験した一生となる。

（「川柳番傘」二〇〇八年四月）

沙汰

沙汰止みにマッカーサーの名が残り
直ぐ会える距離でご無沙汰してる老い

女子会の後片付けをする男子

得意にも失意にもなる椅子一つ

支払いは妻で集金いつも僕

団体がたった一人に待たされる
手段など問わぬ女にある野心
ジョーカーを持って周りがよく見える

匿名の寄付に語らぬ汗がある

晴耕雨読曇りの今日はどうしよう

先見ればもう夫より子に味方

どういう字書く大学か尋ねられ

車内化粧人がたぬきに化けていく

Gパンの破れを母が縫い直す

摘要の裏で舌出す領収書

盃を受ける男は隙だらけ

受験してやっと分かった高望み

先生がくれた賀状に誤字がある

最後まで歌えた筈の反戦歌

助け舟出して一緒に叱られる

先頭が若葉マークの数珠つなぎ

宿題を子が書き写す夏休み

長男と立てられ損な役回り

出来ちゃった結婚までも親譲り
主婦業の長期休暇を貰います
新聞にあるカタカナは読み飛ばし

井目を置かせ教えた子に習う

転勤の予感子供の歳聞かれ

図星だとかえって嘘がつきやすい

狭き門裏口からは入れます

姑にいびるの意味を子が尋ね

手の平に載せた夫の顔を立て

立つ振りで肩の上司の手を払い
全力を尽くして貰う参加賞
つかみ取り妻に替わって大きな手

コンビニの窓立ち読みに塞がれる
先生の焦点距離が短か過ぎ
立ち合いに跳んでお客も肩透かし

定見を持ってないから聞き上手
スタイルに惚れて貰った妻なのに
スッピンで姉の見合いにお茶を出し

成人になって童話の怖さ知る
妻の眼がもう結論を出している
父さんはハローワークにご出勤

正論を吐いて震えが止まらない

手術終え一つ足りないピンセット

妻陽気体重計が知っている

挫折から十七歳が蛇行する
師の後を歩いて風が凪いでいる
触られた分は勘定載せておき

受験する親の母校は滑り止め

新聞の兜刀で爺を切る

大半は下戸がつまんだ通夜の寿司

常連が来て常連の席をあけ

三人でジャンケンポンの十個入り

そっくりに撮れて不出来と詫びを言い

妻だけが分かってくれる無位無冠
ざる一つ足して出前を承知させ
誘っても駄目カミさんの誕生日

新人はまずお局の顔覚え
シンプルな名の銀行が懐かしい
妻や子がこんな僕でもぶら下がる

税関でサディスティックに調べられ

頼まれの仲人ですと念を押し

都会の子性悪説の鍵の束

つけのきく店で上司の分も持ち
千円の時計がボクを管理する
住職が揉み手している墓地下見

つまらん写真だ袋とじで売ろう

大リーグ視野に球児の英会話

左遷地へ行く見送りの人まばら

定職が留守番となる定年後
ドラマにはならぬ姑と丸く住む
問い詰めていくと正義の眼が泳ぐ

新館に迷路を抜けて辿り着き
突然の孫の電話に身構える
終電を降りタクシーへ徒競走

生徒から渾名を貰う着任日

泊まる気になっておんなは飲み始め

妻や子のために君が代起立する

せっかちが他人を愚図と決めつける

戦争を知らぬ世代のトテチテタ

正社員ならと交際認められ

尻尾まで餡の鯛焼き継ぐ誇り

どん尻でいいさゴールは無くならぬ

ジーパンの惜しくなるほど裾をつめ

どうですか聞いて診察もう終わり
新人のする褌は緩すぎる
地団駄を踏むにも靴が重すぎる

頂点に立つと見ている蜃気楼

就活で薄い字引のまま巣立つ

叱られて昔は家出今刃物

卒論の文体途中から変わり
捨てようとすると右脳が引き止める
騙された人を嗤った体験者

先生が親を見ている参観日

浄財を募り庫裏から建て替える

関取になれずチャンコで客が付き

千円で孫が白けたお年玉

ジョーカーを引かせた後の良い眠り

スリッパを持ちごきぶりに遊ばれる

葬儀屋の手際あの世へ急き立てる
しなだれた後はモザイクかけてある
出来ちゃった後子宝の湯につかる

スリッパが違う風呂場の行き帰り

最初から男子トイレにやって来る

新婚がティッシュで包む心づけ

突っ込まれベートーベンの顔になる

生体を取り有休は溜めておき

双方が仏頂面でする和解

左遷地のまま人事部に忘れられ

商魂がお色直しに化けている

親類と思い出させる年賀状

体重は切り捨て背丈切り上げる
大好きと言われる内は手が出せぬ
転勤と聞けばツケでは飲ませない

チャンネルは哀れ喧嘩のとばっちり
辞書引いて出たカタカナを辞書で引き
その内が何年も経つフルムーン

最後尾着くと休憩切り上げる
団塊が三本締めで追い出され
札束で品格までも測られる

体温のあるロボットで混む電車

サービスががらり変わったポチ袋

財産といえばいい妻いい仲間

真打が江戸の廓に連れて来る
単身で行けと妻から内示され
自分ではしないからするアドバイス

女子プロの臍にギャラリーついて行く

新聞で孫の成長知る陛下

座布団が枕に替わる昼の酒

問い詰める妻は口にも力瘤

どこまでも再生される再生紙

床柱背負い聞いているおべんちゃら

掃除機に叱られごろ寝場所を替え

多国籍盛り付けてある松花堂

大臣の名刺箱ごと捨てられる

同居して夫火元に近寄らず
三分の受診に予約させられる
正社員だってブルーな月曜日

シェフのいうレシピでシェフの味が出ぬ
チャージした妻のSuicaと取り換える
地の底でやっと地下鉄乗せてくれ

ストレッチ空しく骨の軋む音

人生に妻という名の充電器

新郎は承知新婦の母子手帳

鈍角に生き恨まれず出世せず
住職の妻蓄財の才に長け
東京に行ってどうしているのやら

算盤に文化遺産が壊される
先妻は美人だったと聞く後妻
連れを見て女将小部屋を空けてくれ

それとなく再婚相手子と遊ぶ

据え膳と気づいた時に膳は消え

どうってことない一等に泣きくずれ

鯛の尾に付いてうだつが上がらない

戦力は社員より上アルバイト

テレビ真似タオルを巻いて湯に入る

饒舌で上げ底隠す専門家
天国を覗きに行って戻らない
通訳の前に笑った嫌な客

友達を失いながら出世する
就活の爪先立ちに疲れ果て
就活の勝者社章を光らせる

つぶやきが親先生に聞こえない

断捨離が一気に進む癌告知

仕事終えパートお客の貌になる

先生の本に駄洒落が書いてある
審判の権威ビデオに嗤われる
床柱背負わせてやれば威張り出し

漬物を醤油の海に溺れさせ
性格の不一致というエピローグ
新人が割り引いて聞く社の流儀

絶対と言うから嘘とすぐ分かる

自分へのご褒美ですという甘え

散歩道ルートを変える犬の恋

素人の直感で食う骨董屋
妻の手で伸び縮みする赤い糸
中国の飛び地になったアキハバラ

平野さちをエッセイ(3)

川柳三昧

定年後に川柳を始めて以来「さちを」という雅号で番傘川柳本社同人、東京番傘川柳社同人として句会に出ている。

川柳といっても最近流行のサラリーマン川柳や新聞川柳でなく柄井川柳「誹風柳多留」からの伝統川柳で、俳句のような季語はなく五・七・五の中に「穿ち・軽み・笑い」の三要素を折り込み、単なる言葉遊びや駄洒落に堕ちぬよう戒めている。

四年程前に朝日新聞夕刊の「虫くい川柳」に取り上げられてからはＧｏｏｇｌｅの検索で「平野さちを」を見ると私の古い作品が出ている。

本来「題」は不要だが、どういう発想だか知るためにも題と拙句を披露しよう。

（けち）　答案を見られぬように手で隠し

（多忙）　放課後に集めて回る給食費

番台をしばし替ってくれないか（がってんだ）
奥さんも褒める祝辞がまだ続く（うんざり）
有料のトイレの前で訊くトイレ（無料）
生きてても死んでも女よく化ける（怪談）
末席は十人並みの娘がお酌（分相応）
祝辞終え妻にっこりと眼で応え（上出来）
近くまで来たと姑また覗く（みえみえ）
休憩と言えばモデルは服を着け（息抜き）
岩田帯締めて新婦のご入場（本番）
彼が来た筈だ便座が上がってる（見破る）
年寄りの横と写真は決めている（並ぶ）
晩酌の前に明日は休肝日（口ぐせ）
柴又は訊かれる前に指すとらや（お節介）
反対が黙る諭吉が物をいう（反対）
連れて来た彼と妹息が合い（危ない）

（強い）女房がダメと言ったらもう駄目だ
（雑然）女とは別れた部屋と母の勘
（誤算）こうすればああなる筈がそうならず
（安物）健保ならこんな程度という入れ歯
（譲る）背くらべ親はわずかに膝を曲げ
（尽くす）円満なドラマをつくる妻がいる
（明らか）エスコートなんて夫婦の筈がない
（八百長）姑が来れば夫を威張らせる
（見事）口下手を知ってる妻がフォローする
（年々）教室が遊んで遊ぶ子がいない
（緊張）お話があるのと妻が改まる
（窮屈）アパートに名古屋の嫁の家具と住む
（どっさり）買い込んだ妻は手ぶらで前歩く

カミさんがネタの句が多いが、彼女曰く「怒ってはさちをの妻は務まらず」、お粗末さまでした。

（「学友誌つれづれ」二〇〇九年三月）

平野さちをエッセイ(4)

川柳三昧（PARTⅡ）

「石の上にも三年」というが、才能がないながらも定年後十五年も愚直に川柳を詠んでいると柳界である程度の実績も出来、評価もされてくる。

今年から頼まれて国立市のNHK学園で、通信教育の川柳講座のお手伝いをしている。

月に数日だが若いお嬢さんと机を並べて、先生と呼ばれるいいご身分となった。

前置きはこのくらいにして、前回同様に拙句を披露しよう。

（単純）　ちょい役がついてサングラスをかける

（ブレーキ）　ブレーキをリコールしたい妻といる

（揃う）
男性の欠席はなし裸婦を描く

（空っぽ）
おっぱいがすっからかんになる双子

（断る）
欠席と書いて理由を考える

（騒音）
アパートで女子会なんか止めてくれ

（我慢）
奥歯かみ妻の乱射に堪えている

（動機）
お医者さんごっこが元で医者になり

（安い）
鑑定をしてから雑に扱われ

（漬け物）
糠床が秘める女のヒストリー

（好き嫌い）
公平という人事部の好き嫌い

（執念）
好き好きと言われ続けりゃ好きになる

（マナー）
猫でさえ用を足したら砂かける

（汚い）
美しい素顔につける泥パック

（叱る）
責任者出せに全員アルバイト

（辛抱）
就活をしてますおしんやってます

（サンプル）
世渡りの下手な見本が家にいる

一人っ子親が与える糖衣錠（甘い）

カルチャーで学んだ妻のボンジュール（実践）

参考のために隣の答見る（参考）

新郎の父は与作の貌で来る（朴訥）

順番にやっていますとすぐやる課（怠慢）

知らぬ人岡田ジャパンが抱きつかせ（意気投合）

内定の社の受付ともうデート（先手必勝）

政権を取って真っ直ぐ歩けない（右往左往）

一生の不覚と知った愛してる（失言）

電源をこまめに切って故障する（スイッチ）

実力を言わず不運と慰める（不運）

逆境に笑うあなたについていく（従う）

初孫を産んだ娘は未婚です（一喜一憂）

（「学友誌つれづれ」二〇一一年三月）

花

花びらをかぶり迷子の通り抜け

花嫁の父を着替えて熱いお茶

初節句すんで思案のしまい場所

本物は蔵でレプリカ拝ませる

ブランドを着て謙遜を脱ぎ捨てる

母になり妻であること忘れられ

箸置きもいつかなくなる婿の膳

長嶋の壁の色紙も右下がり

ハンドルを持つ真似をして飲むジュース

半日の豪華に浸るウエディング

万国旗だけは仲良く手を繋ぎ

プライドが先着順に捨ててある

熱湯も届くスープの冷めぬ距離

ヒット曲なしで場末のママで老い

成田着いんぐりっしゅをここで捨て

夏捨てたペットボトルを冬に着る

紐だけを見せ大胆な甲羅干し

年収を訊かれて見栄が押す背中

何年も英語学んで手で話す

フーゾクのビラは老いてもまだくれる

人間を赤鉛筆が叱りつけ

ばたばたと煽ぎ鰻屋鼻へ売り

婦長見て医師の卵の手が震え

二日分飲んで明日は休肝日
不束な娘と親はよく承知
腹八分残りは酒で埋めている

人間が決めたラベルに踊らされ
フラッシュの後は普段の顔になり
一人っ子親もお墓も付いてくる

羽子板の八重垣姫に虫がつき
何かある犬と芝生と美人妻
ピッタリと身体に合って買わされる

バイバイの時にようやく手をほどき

左手を添えて握手の下心

凡人が偉人にされる祝賀会

貧乏と縁が切れない人情家

ノーと言い黙った妻に勝てません

骨っぽい記事はデスクで丸くなり

平服を真に受け帰る宴半ば
犯人か刑事の役で芸が生き
バージンロード新調の靴が鳴る

歯磨きの代わり電車でガムを噛む

昼寝するため図書館で読む洋書

パソコンが分からぬことを聞いてくる

入念にお化粧をして嫁と出る

値踏みして勝ったと思うクラス会

褒めようとママ待っている逆上がり

ブティックのバイト在庫を買わされる
飲み過ぎに肝硬変の意趣返し
値下げして大きな穴のドーナッツ

歯ブラシも寄り添っている新所帯

奮発のお布施で経がまだ続く

ポスターの笑顔にいつも騙される

仲人が急ぎ成田に呼び出され
値切られた分は手抜きで埋め合わせ
ひまわりを描いてゴッホと比較され

花嫁は安産型という祝辞

母に聞き妻からも聞く不仕合せ

ベンチ入り出来ず胴上げ遠く見る

Ｂ面の男と甘く見た誤算

載っている松茸飛ばぬ内に食べ

寝首掻くまでは我慢の秘書でいる

履きつぶすプリマを目指すトウシューズ

百点の妻をジョークと受け取られ

無愛想通夜の受付頼まれる

フロントが目で追うほどの妻だった

反抗期頼みは母の泣き落とし

古里に幼い頃の顔で寝る

能あって爪を隠さぬ鷹もいる

骨一つ見て恐竜の図を描き

振り袖にブーツを履いて初詣で

猫ですと書きたい顔の爪の痕

拍手から曲の終わりを知らされる

日本人見ればシャチョーと呼びかける

橋が出来野良仕事にも鍵をかけ

百名山踏破してから呆け始め

二つずつ渡してティッシュ配り終え

一一〇か一一九か見ぬ振りか
ポケットを破り手品の修行中
初恋の人は童女のままでいる

ふらふらと触って職を棒に振り

仲人が裾を引きずるモーニング

入社式入社試験と同じ服

半分は自慢話の体験記
賑わいの枯れ木で食べてばかりいる
バツ一のラベルでもてるクラス会

ハワイ焼け知らせるために着るアロハ
なるようにしかならないと飲んで寝る
成田から実家に帰り戻らない

弁解を許さぬ妻のテレパシー

長生きの秘訣フェロモン未だ枯れず

逃げ出すという手もよぎる正念場

弁護士がついて借り手の居丈高
ネクタイを一本残し恋終わる
人相で寿司屋の時価は決められる

噴水の演出コイン撒いてある

名も知らぬ人のテープも持つ船出

塗りたくるバスを走らす都市美観

年金を分けると妻と共倒れ

美人妻持って女難をまだ知らぬ

百歳を超え割れ物に扱われ

貧乏を殊更に書く立志伝
日替わりで少年Ａが載る紙面
犯罪のように一服つけている

票読みのプロ非科学を科学する

ハチ公がいつも見ている待ちぼうけ

縄跳びの中に私の小宇宙

ひまわりに倣い主流を向いて咲く

半分を出して同居の子に気兼ね

年金を貰った妻の頭が高い

本心を知った後でも通いつめ

母にだけ逢わせる筈が父と来る

二度の職履歴書を書く手暗がり

仏壇にメロンが熟れるまで供え

ビザ持たずまずホステスで根を下ろす

訪問をしてまで神を売りつける

ブランドを纏い女が狩りに出る
晩成を信じるだけの通知表
人妻の心変わりを責められぬ

独り身になって大きい電気釜

人の皿見て注文を取り替える

半分は捨てて薬屋儲けさせ

張り込んだ歳暮が届く査定前

寝たきりの元は段差の一センチ

抜擢で敵七人に納まらず

ばれたなと分かった妻のオクターブ

抜擢をする人事部のピンセット

残業が増える名ばかり管理職

平野さちをエッセイ(5)

草魂

思う所があって、川柳マガジン誌に長期連載されていた、川柳塔社の新家完司氏の「川柳の理論と実践」を読み返してみました。

「今までにない川柳入門講座」という副題通り、実に懇切丁寧に書かれている労作であります。

その多くのものは納得できますが、少しだけ私にはどうも合点のいかない事例がありました。

連載17の表現を考える（その1）で「自分を詠う形」で他人を詠わないこととして次の二例をあげて

弱音吐く暇もなかった寡婦の道　A

午前二時男だました紅を拭く　B

Ａさんは寡婦でないこと、Ｂさんは男性であることから、他人のこころを推定すると不確定で無責任な句になり避けるべきである、と書いています。

「他人を詠う形」で自分を詠わないことでは

おとしの話で妻が責め立てる　Ｃ
妻の茶碗がいちばんでかい食器棚　Ｄ

を例にあげ、作者がどちらも女性であることから「自分の姿自分の想いを表明する」という羅針盤から外れていると指摘しています。


こう言われると、私はそうかなあと思います。

選者や読者は作者の個人情報を知るすべもありませんし、たとえ知っていたとしても独立した一句として創作は自由であるべきではないでしょうか。

想像力を働かせて男にも女にもなれる、若者にも老人にもなれるその自由闊達さが川柳の魅力でもあるのではないかと思っています。

八十年以上も前に宇宙に浮かぶ地球を詠んだ北原白秋や、西洋の諺「馬にならなければ騎手になれない訳じゃない」と古今東西、人間の想像力を称える文芸はいくらでもあります。

川柳家自ら川柳の領域を決め、あれこれいけないと刈り込むことは、嘗て川上三太郎氏が俳人に「俳句が先に領域を決めて取りなさい。残りは全部川柳で頂きます」と言った話を尊敬する私としては、どうしても矛盾を感じます。

現代の俳句には季語のないもの、口語で詠んでいるもの等、川柳の領域に踏み込んでいるものもあります。

過去においてある種の決めつけが、どんなに発展を阻害したかを考えると、むしろ嘗て近鉄時代の鈴木啓示が言っていた草魂（雑草のように何処までもしぶとく広がっていく魂）を持たないと短詩文芸の中で埋没してしまうのではないかと危惧するのです。

（「川柳東京」二〇一一年六月）

山

山ガール靴にキャリアを語らせる

山がみな当たり答案書き切れぬ

預金でも監視カメラに写される
有名な人から並べ順不同
モンゴルが君が代歌う土俵下

土瓶蒸し松茸越しに底が見え
読めもせぬくせにカルテを覗きこみ
無欲説く僧は寄進に囲まれて

役ならば何でもするともう脱ぐ気
読売に勤めてアンチジャイアンツ
マニュアルにないから答えられません

もったいないもったいないないで狭く住む

焼餅のぶんだけ燗がつき過ぎる

酔い醒めて靴の違いに気付く肉刺

良く出来た嫁お隣で姑褒め

よろしくと頼んでおいて煙たがり

湯の街の土産になった鼻緒ずれ

万引きに払いますよと親が言い
戻っては来る酔っているブーメラン
麻雀で徹夜だなんて手は古い

融通のきかない顔に票を入れ
良く吠える隣の犬がセコムする
ヤミ米で育って今は食べ残し

よく喋る床屋だ俺は眠いんだ

まだ粘る往生際を心得ず

焼き鳥に企業秘密のたれを付け

眼を瞑る隣がページめくるまで
マドンナよ目で追う僕が見えますか
結納が済んで胡坐の膳につき

もういいと言うのに一つ歳が増え
見舞客帰す患者の咳一つ
眼が物を言っているのを聞き洩らし

余所行きの顔で出てくる美容院

窓口がメトロノームの返事する

良く出来る部下は手元で飼い殺し

優しさを装っている意気地なし

マニュアルがハンバーガーを出してくる

予告編見て涙腺がもう緩む

負け犬といわれる中にいい女
役者より余技の絵画で売れ始め
マジックにかかったままの妻でいる

もういいとロボットからの肩たたき

遺言もチラシの裏のしみったれ

摩周湖が晴れてツアコン手柄顔

見られると女優の性ですぐ笑う

面倒を見過ぎたじゃがは煮崩れる

夕張市だってお天道様は照る

マル秘捺し優越感を太らせる
マヌカンの鼻にセンスがぶら下がる
良く喋る人へ勘定書きを置き

前に立つ人を焦らせる降りる振り
勇退を促す部下の薄笑い
元つけて名刺に刷ってある爵位

見限った妻がタオルを投げ入れる
婿養子探す老舗で行き遅れ
優しさで分かる夫の隠し球

窓の眼と合ってカーテン閉められる

友人を素面で返す休肝日

野次馬の数一票と思い込み

優等生だからクラスで浮いている
目立つ子に目立ちたがり屋近寄らず
升席にさぼった顔が出るテレビ

横文字をカタカナにして縦に書き
マニフェスト全部やったら国破産
養老の滝を見ながらワンカップ

誘導をしても容疑者口を閉じ
無職とは言えず充電中と言う
約束の数だけ食らう待ちぼうけ

水着痕残して消えた夏の恋

目覚ましを進めて母は床につき

前置きを聞いて断る腹を決め

休み明けのっぺらぼうが出社する

黙祷で始まる老いのクラス会

マイホーム妻が主導の青写真

平野さちをエッセイ(6)

有限の中の無限

中学、高校と水泳部に属していた。

戦後間もない昭和二十三年だから、コーチャーも海軍兵学校や旧制高校出の猛者ばかり。

今騒がれている体罰こそなかったものの眉茶苦茶（目茶苦茶の一つ上）に絞られた。

風邪で熱があろうが、中耳炎になろうが「泳げば治る」、意識朦朧として泳いでいても、「水泳部員がプールで死ねれば本望じゃないか」と専ら精神論中心の指導であった。

何故泳ぐ練習をするのか。

いくら人間が頑張っても一〇メートルいや一メートルといえども絶対に〇秒

で泳げないことははっきり分かっているのに。

そういう意味で、人間の泳ぐ限界タイムはどこかに決まっているに違いない。しかし毎年のように世界新記録が出るのを見れば、人間はその限界に向かって無限に近づく努力をしている。

それは泳者個々人がある程度抑圧された環境の中で、それに耐えつつそれを跳ね返そうとする限り無い自己淘汰を競い合っているからと言えるのではないだろうか。

これがある程度分別が付いてからの私の結論である。

スポーツとは性質は異なるが、有限の中に無限を求めるのは短詩文芸も同じと言えよう。

俳人の金子兜太氏は「俳句に人間の匂いをもっと持ち込むべし」と提言し、飯田龍太氏は「人間への関心を深めつつ自然に憧れる、そこに俳句の力点を置くべきだ」と述べておられる。

俳句は花鳥諷詠、川柳は人間を詠むと仕分けていたのは大分昔の話で、川柳だけが言っているのかも知れない。

今年のNHK全国俳句大会で四三四八八句から選ばれた特選句と入選句は花鳥諷詠とはほど遠い、もはや川柳と言っても可笑しくないほど句材と句作の幅が拡がっている。

新俳句を標榜する伊藤園の「お～いお茶」以来、季語と旧仮名遣いすら遣わない新仮名遣いの俳句（？）までが大手を振って句誌に載っている。

もはや川柳は圧倒的多数を誇る俳句人口に取り囲まれているのだろう。

当日の選者だった有馬朗人氏が「五七五の言葉の力で無限の世界を詠むのが俳句だ」と述べておられたが、これこそそっくり川柳に当てはまるのではなかろうか。

そうであればこれからの川柳は穿ちなら穿ちと立ち位置を固め、内向きでなくこれが川柳だという名句を発信して対抗して行かねばならないだろう。

さもないと川柳はいずれ俳句の或いは新俳句の一ジャンルとしてしか扱われなくなるという危機感を持たなければなるまい。


（「川柳東京」二〇一三年六月）

藁

藁人形パワハラ受けて思い出し

藁葺きの屋根に潜んでいる民話

ライバルに勝つとライバルまた増える

理屈では勝って涙に負けている

和洋中習ってチンで晩御飯

六方を踏む国宝は汗かかず

ローン済み妻はお墓のパンフ読む

立春はゴミ箱にある鬼の面

別れても抜けぬ指輪は嵌めておき

両親が医者で不運な一人っ子

リサイクル出来ない同士差し向かい

割り勘とならばあわびを握らせる

領海を出れば追わない不審船

ラーメンが蕎麦の老舗にメニュー入り

輪になってプライバシーを剥いでいく
リストラで成り捨てられた駒である
ロボットも美女が受付やっている

老夫婦寝込み庭木も暑気あたり

リハビリに鉛の一歩もう一歩

ラーメンの中に薀蓄溶けている

若女将女中頭にしごかれる
隣席の眠れる美女に肩を貸し
ライバルでＡＫＢを組織する

霊峰の道にモラルが捨ててある

リハーサルなしでも出来る謝罪劇

楽させたつけと債鬼が追って来る

あとがき

いずれの日にはいい句が揃ったら、生きた証として句集を出したいと思っていたが、佳句の出来ないまま延び延びになっていました。

しかし来年早々金婚式を迎え、齢も傘寿となる身では句の揃う前に寿命が先に来るのではと思い直し、羞ずかしながら本書を上梓することにしました。

本来なら恋、酒、旅、妻などの洒落たテーマを作り、そこへ関連する句を入れて句集にするのでしょうが、何せ大雑把と小心とが雑居している性格なので、この句を何処のテーマに入れたら良いかに迷い時間を浪費することが目に見えているので、いっそのこと五十音順に並べることにしました。

従って書名も「あかさたな」と決め、作句ノートから粗選り約千二百句の入力をした後、絞り込みをしました。

打ち出してみて分かったことですが、日本語は「あ行」から「さ行」までに集中しており、「や行」「ら行」「わ行」は極端に少ないことから、句集の後半部分が貧弱になり、テーマ別でない結果として各々の句の間には相互に関連性のない只の羅列になってしまいました。

ビール会社の定年退職後から始めて柳歴十八年の間に番傘誌、川柳東京、学友誌「つれづれ」に寄稿したものの一部を中に挟み区切りといたしました。

一読明快と平易な言葉で紡ぐことをモットーに作句してきて、手ほどきを受けたJASSの講師上田野出さんはじめ数々の良い先輩、柳友に恵まれて今日に至ったことは誠に幸運でした。

縁あって師事した「番傘」の大先輩でもありNHK学園の大木俊秀先生からは題字と序文に過分なお言葉を賜り、有難く心から感謝致しております。

また本書を出すにあたり適宜助言を頂いた印象吟「銀河」主宰の島田駱舟さん、校正装丁などお世話になった新葉館出版副編集長の竹田麻衣子さんにも厚く御礼申し上げます。

結びに本書にカットを描き、半世紀に亘りわがままな私を支えてくれた妻の育江に感謝の言葉を述べます。どうもありがとう。

平成二十六年十月

平野　さちを

【著者略歴】

平野さちを（ひらの・さちを）

本名　平野幸男
昭和10年（1935年）8月　東京都中央区銀座生まれ
平成9年2月　（財）日本セカンドライフ協会川柳講座
（上田野出 講師）受講
現　在　番傘川柳本社 同人
東京番傘川柳社 同人
杉並川柳同好会 世話人
ＮＨＫ学園 専任講師
現住所　東京都世田谷区代田3-53-11
趣　味　スポーツ観戦　旅行　水泳　ボーッとしていること

あかさたな

○

平成26年10月20日　初版発行

著　者
平　野　さちを

発行人
松　岡　恭　子

発行所
新　葉　館　出　版
大阪市東成区玉津1丁目9-16 4F　〒537-0023
TEL06-4259-3777 FAX06-4259-3888
http://shinyokan.ne.jp/

印刷所
株式会社シナノ

○

定価はカバーに表示してあります。

ISBN978-4-86044-566-9